Rimar y soñar

LIBROS PARA LEER,
REÍR Y APRENDER

!Cuanta gente que va y viene!
La ciudad no se detiene

CARMEN GIL

ILUSTRACIONES ÓSCAR T. PÉREZ

algar
editorial

Los **semáforos** parecen
árboles de tres colores.
Sin chistar, los obedecen
peatones y conductores.

Los veo por las mañanas.
De estos árboles sin hojas
cuelgan brillantes manzanas
amarillas, verdes, rojas.

Hay **coches** por todos lados
y gritan: «Piiiii piiiii piiiii piiii».
Están la mar de enfadados:
¡no pueden salir de aquí!

Doña **Bicicleta** pasa
atasco tan tremebundo
y llega volando a casa.
¡Es la más feliz del mundo!

¡Qué enorme es el **rascacielos**!
Su planta cincuenta y una
no llega al sol por los pelos
y casi toca la luna.

Como todo el mundo sabe,
en la **azotea**, a menudo,
aterriza con su nave
un marciano melenudo.

Les gusta a las **papeleras**
el papel, es cosa cierta.
Míralas en las aceras,
todas con la boca abierta.

Comen papel noche y día.
Cuélaselo en el boquete
y ya verás qué alegría.
¡Les sabe de rechupete!

La **estatua** de la glorieta
ni pestañea siquiera.
¡Qué quieta requetequieta
se pasa la vida entera!

Si un pájaro en la cabeza
se le caga a la infeliz,
ella sigue de una pieza:
¡no arruga ni la nariz!

En la alameda, la **fuente**
burbujea y gorgotea,
siempre contenta y sonriente,
alegrando a quien pasea.

Cuando por allí camines
verás cómo el movimiento
de sus chorros bailarines
te pone supercontento.

El **camión de la basura**
vive al revés y se lía.
Pasea en la noche oscura
y duerme durante el día.

Puede ser que se equivoque,
que pierda un poco el control
y salga aunque no le toque,
para ver brillar el sol.

En aquel escaparate,
un maniquí vigilante
saluda, ¡qué disparate!,
a quien pasa por delante.

Aunque nunca diga nada,
no se le escapa un detalle.
Mira, sin perder puntada,
lo que sucede en la **calle**.

Hay en el **hipermercado**
duendecillos de colores,
que, cuando ya está cerrado,
salen de los mostradores.

Van los gnomos regordetes
corriendo como una tromba
a la sección de juguetes,
¡y allí se lo pasan bomba!

En la **biblioteca** habita
un pirata fanfarrón,
junto a un hada con varita
y a un dragón verde limón.

Entre libros ordenados,
hay brujas con cucurucho.
Personajes encantados
que te harán disfrutar mucho.

La **rotonda** tan redonda
siempre está de buen humor.
Se desternilla y se monda
mirando a su alrededor.

Viviendo en este lugar,
la **rotonda** está en la gloria,
pues ve los **coches** girar.
¡Dan más vueltas que una noria!

© Carmen Gil Martínez, 2015
© Ilustraciones: Óscar Tomás Pérez Sánchez, 2015
© Algar Editorial
   Polígono industrial 1 - 46600 Alzira
   www.algareditorial.com
Diseño: Pere Fuster
Impresión: Índice

1ª edición: octubre, 2015
ISBN: 978-84-9845-749-0
DL: V-1383-2015